JLES DE GÈRES

LES

HIRONDELLES

II

BONHEUR SUR L'EAU

BORDEAUX

TYPOGRAPHIE C. GOUNOUILHOU

1 PLACE PUY-PAULIN

1855

LES HIRONDELLES

JULES DE GÈRE

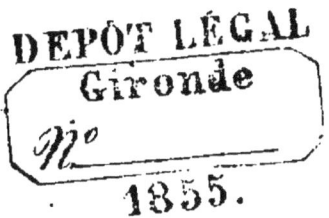

LES

HIRONDELLES

II

...EUR SUR L'EAU

BORDEAUX

TYPOGRAPHIE G. GOUNOUILHOU

4, PLACE PUY-PAULIN

1855

BONHEUR SUR L'EAU

A M. GROS-DESJARDINS

BONHEUR SUR L'EAU

BARCAROLLE.

La brise sourit dans l'air indulgent ;
Des poissons furtifs l'écaille nacrée
Perçant le flot clair de flèches d'argent,
Saute en frétillant devant la marée.
C'est d'un jour de feu la tiède soirée,
L'ombre des aubiers se fonce en plongeant.
Détachons l'yole, au môle enchaînée,
Et livrant sa quille au fleuve charmant,
Couronnons de frais la chaude journée ;
Ramons lentement, ramons lentement.

L'espace est noyé de sérénité,
Un calme doré s'étend sur les plaines
Et fait resplendir l'immobilité.
Apportant des mers les molles haleines,
Le courant s'éteint sur les rives pleines;
Tout devient silence et limpidité.
Le ciel transparent se baigne dans l'onde,
Il est bleu sur l'eau comme au firmament;
Admirons d'amour cette paix profonde,
Ramons lentement, ramons lentement.

La proue inclinée ouvre un sillon d'or
Sur le sol mouvant qui cède avec grâce;
A peine en fuyant son léger essor
Dans la glace humide imprime une trace;
La ligne onduleuse en serpent se trace,
Meurt, et reparaît pour mourir encor.
Entre deux azurs, comme l'hirondelle,
Rêvons assoupis sur le flot dormant;
Que le temps jaloux vole à tire d'aile,
Ramons lentement, ramons lentement.

La tranquillité descend dans nos cœurs.
L'heureuse nature en riant nous berce,
Et l'apaisement aux douces langueurs
Endort nos chagrins que le vent disperse.
La beauté du jour dans notre âme perce,
Et la joie y filtre en rayons vainqueurs.
De ces trésors purs la vie est avare,
Goûtons à loisir ce divin moment;
Un peu de repos est chose si rare!...
Ramons lentement, ramons lentement.

Dans les joncs épais glissons ignorés,
A peine entrevus de l'oiseau sauvage
Qui part en sifflant vers ses bois dorés,
Et fuit, comme nous, le riche esclavage.
Qu'il est tentateur, ce libre rivage!
Quels lointains profonds, du doute adorés!
Que d'ombrages clos dont le sombre invite;
Comme on dormirait dans ce nid calmant!
Hélas! le courant va toujours trop vite...
Ramons lentement, ramons lentement.

1*

De l'île en festons rasons le contour
Sous les saules gris qui poussent en gerbe,
Du vert promontoire achevons le tour.
L'eau s'enfle et grandit dans son lit superbe,
Laissons nous voguer tout le long de l'herbe
Et ne pressons pas l'heure du retour.
Au port, où des jours le fardeau s'apprête,
Où le cœur reprend son accablement,
Toujours assez tôt la barque s'arrête...
Ramons lentement, ramons lentement.

Profiter à point du moment qui vient,
Est le savoir-faire et l'orgueil du sage,
Le passé manqué jamais ne revient,
Et l'occasion est de court passage.
Bonheurs méprisés ! long apprentissage !
Comme on se repent quand on se souvient !
Heureux sous ce ciel, que notre œil regarde,
Le présent charmé fuit paisiblement ;
Qui sait ce qu'un jour l'avenir nous garde !...
Ramons lentement, ramons lentement.

Ah ! qu'il reste entier le secret lointain
Qu'une providence avec soin nous cache !
L'espérance vit de cet incertain
Où son long regard se perd et s'attache ;
Que l'illusion, plus tard, se détache,
Et nous bénirons la nuit du Destin.
N'interrogeons pas l'étoile inconstante,
Savourons en paix son rayonnement ;
Confiants du sort, soumis dans l'attente,
Ramons lentement, ramons lentement.

Ce soir l'existence est vraiment un bien ;
Rendons pleine grâce à l'auteur des choses,
A son paradis il ne manque rien.
Les papillons noirs ont leurs ailes closes ;
Les yeux sont contents, les couleurs sont roses ;
Au gré du souhait tout cadre et va bien.
Nous aimons tout bas, sentant qu'on nous aime,
L'âme est au repos, le ciel est clément ;
Tout ainsi toujours n'ira pas de même...
Ramons lentement, ramons lentement.

Astre radieux ! ne descendez pas !
Retenez vos bonds, Heure fugitive,
Arrêtez l'élan du fatal compas
Et ralentissez votre ronde active.
La vie est si courte où tout la captive !
L'attendrissement enchaîne les pas.
Dans ce siècle avide où chacun se presse
Et sans respirer court au dénoûment,
C'est presqu'un bienfait d'aimer la paresse...
Ramons lentement, ramons lentement.

Te reconnais—tu, pauvre cœur humain?...
Le vieux paysage est là comme un livre
Où le temps marqua, de sa froide main,
Les doux lieux déserts dont l'aspect t'enivre !
Saisons d'autrefois ! il faut vous survivre
Et seul repasser au triste chemin.
Que de beaux soleils levés sur ces plages !
Que de flots montés dans l'enchantement !
Des jours oubliés relisons les pages...
Ramons lentement, ramons lentement.

Chaque site aimé d'un frais souvenir
Salue à son tour la mémoire éprise,
Tout ce qui n'est plus semble revenir
Rendre la jeunesse à nos ans reprise.
Des noms bien connus passent dans la brise,
Les fantômes chers sont prêts à venir.
Silence! on croirait entendre une haleine,
Les roseaux froissés causent tendrement;
C'est ici qu'un soir apparut Hélène...
Ramons doucement, ramons lentement!

Du fleuve étendu gagnons le milieu.
Sainte immensité! qu'on est bien au large,
Et comme on se sent dans la main de Dieu!
L'onde en respirant joue avec sa charge.
À peine du sol une étroite marge
Borne à l'horizon l'éclat de ce lieu.
Que ne pouvons-nous, ô lac solitaire,
Dans ton vaste oubli rester longuement!
En touchant le bord on touche la terre...
Ramons lentement, ramons lentement.

Calme convoité! si long à saisir!
La foule s'efface et l'homme s'oublie,
Vivre seul en soi devient un plaisir.
Le mieux d'un tel bien serait la folie,
L'ivresse est à fleur, la coupe est remplie,
Le cœur satisfait bat sans un désir.
Ah! l'humanité! qu'il fait bon loin d'elle!
Un ami discret suffit grandement.
Un chien près de nous est couché fidelle...
Ramons lentement, ramons lentement.

Merveilleux ensemble! habile tableau!
Chef-d'œuvre du Maître en grande peinture!
Tons harmonisés de l'air et de l'eau,
Placides accords qu'obtient la nature!
Que tu couvres bien, céleste tenture,
L'humble tige d'herbe et le fier bouleau!
Ton azur sans fond s'ouvre sur nos têtes,
La bonté suprême éclate ardemment.
Il est tant de ciels chargés de tempêtes!...
Ramons lentement, ramons lentement.

Courbez votre front devant ces splendeurs,
Humiliez-vous, fragiles sagesses!
Du monde puissant vivent les grandeurs!
Du noble univers les mille richesses
Vous chantent sans fin, divines largesses!
L'œil s'anéantit dans vos profondeurs.
Que l'enthousiasme s'y rassasie,
Que l'être s'abîme en recueillement!
Illumine-nous, vive Poésie!...
Ramons lentement, ramons lentement.

Comme au sein des airs, sur le mât léger,
S'étend librement une svelte flamme,
Dans le songe immense où tout va plonger,
Flotte épanoui le transport de l'âme.
L'esprit affranchi s'isole et s'enflamme
Sondant l'infini d'un monde étranger.
La pensée aux cieux monte et plane en reine.
Ne distraisons pas son ravissement!
Craignons d'éveiller l'extase sereine...
Ramons doucement, ramons lentement.

Puissent les loisirs qui nous sont comptés
Atteindre souvent ces hauteurs du rêve
Et s'y reposer dans leurs voluptés !
Que les bruits du bord fassent ainsi trève
Jusqu'à l'heure fixe où quittant la grève,
Le fleuve borné, les flots limités ;
Pour la Haute Mer, qu'un tournant dévoile,
Il faudra cingler précipitamment...
Mais en attendant d'y mettre à la voile,
Ramons lentement, ramons lentement.

Mony, septembre 1854.

A MON FILS QUI N'EST PAS ENCORE

A H.

2

A MON FILS QUI N'EST PAS ENCORE

« A quoi bon ce sein blanc sans cette bouche rose. »
VICTOR HUGO.

Ainsi la jeune femme, au travail assidue,
Brodant le lin blanchi des langes préparés,
Trompait les longs ennuis de l'ivresse attendue,
Et fatiguant le ciel de ses vœux égarés
Laissait monter sa voix, de Dieu seul entendue.

I.

Mon fils !... quel nom plus doux peut être prononcé !
Par ces deux mots, accord d'une grâce infinie,

Mon cœur, plein d'espérance, est saintement bercé ;

　　Mon fils !... enivrante harmonie !

Mon fils en toute langue a des sons ravissants.

Les peuples ont gardé leurs plus tendres accents

　　Pour ce cri parti des entrailles ;

Mon fils ! à Bethléem la Vierge de Juda

Ainsi nommait l'Enfant que l'Étoile guida

　　Jusqu'aux divines funérailles ;

Ah ! ce titre de mère est si beau ! ciel jaloux !

Comment, honneur rêvé qui déjà me transporte,

Ne pas le désirer, mains jointes, à genoux ;

　　Ne pas l'aimer quand on le porte !

Le Bon Dieu ne fait pas de ces grâces toujours !

Combien n'ont pas reçu ce bonheur de leurs jours,

　　Combien, — destins étranges ! —

Dont les petits enfants, prêts à venir, pourtant,

N'ont jamais pu quitter ce ciel qu'ils aimaient tant,

　　Et sont restés avec les anges !

Car il sait mieux que nous le chemin qu'il nous faut,
Celui qui tient nos pas dans sa droite virile,
Qui passe un vain désir au crible sans défaut,
    Et qui rend l'épouse stérile!

Stérile!... O châtiment et malédiction!
Pain d'amertume! exil! coupe d'affliction!
    Colère emplissant le calice!
Seigneur, éloignez-le de moi ; je vous promets
De souffrir autrement, s'il faut ; je me soumets
    A tout.... plutôt qu'à ce supplice!

Il est si beau d'avoir, là tout près, sous son toit,
Un berceau, que des cieux contemple le cortége;
De voir passer la foudre en lui montrant du doigt
    Le bouclier qui nous protége!

Comme vite au doux poids on est accoutumé!
Il est si bon d'aimer, de se sentir aimé
    Par les bras de ces petits êtres,
De penser qu'on revit dans nos beaux jours bénis,

2·

De retrouver vivants dans ces traits rajeunis
    Les traits vénérés des ancêtres ;

De voir monter leur front à l'égal de son front,
Et grandir près de soi l'appui qui vous remplace ,
Songeant que nul de nous , — quand les vieux partiront, —
    Ne laissera vide sa place ;

Il doit être si triste et si désespérant
D'attendre l'avenir d'un œil indifférent ,
    Age que le vide environne ;
De vieillir seule au coin du foyer délaissé ,
D'avoir des ans sans fruit, des regrets sans passé,
    Et des cheveux blancs sans couronne ;

Non ! — Je veux cette joie et ce ravissement
De tirer de mon sang le sang d'un fils semblable !
Ma vie aura son but, et j'irai l'enfermant
    Dans cette force inébranlable !

Fils adoré ! je crois à toi comme à mon cœur.

Que m'importe l'épreuve et sa longue rigueur,
>> Je crois à toi comme à moi-même !
Les cieux enfin touchés t'accordent à ma voix ;
Ma foi les a vaincus : je te sens, je te vois,
>> Et, — tu le sais déjà, — je t'aime !

II.

Charmes inexprimés! premier tressaillement!
Sentiment ineffable, impression profonde!
Une existence en nous commence... un mouvement
    Annonce une arrivée au monde!

Depuis que je t'attends, un calme tout nouveau
Sur ma vie inquiète a posé son niveau,
    Et le bruit à peine l'effleure;
Jetant aux plaisirs faux un bien facile adieu,
J'ai plus de foi, d'amour et d'espérance en Dieu,
    Je me sens devenir meilleure;

De ton regard promis mon regard s'embellit,

Un éclat précurseur de mon être s'empare,

Mon sein pour te nourrir se gonfle et se remplit,

    Mon cœur pour t'aimer se prépare !

L'aiguille a terminé ton blanc petit trousseau,

Toi seul manques encore à ton gentil berceau,

    A t'y veiller la lampe est prête ;

La maison est en fête, et, quand tu paraîtras,

Chacun, dans la famille, ouvrira les deux bras ·

    Que fais-tu donc, et qui t'arrête ?

Quel amour si puissant te retient loin de nous,

Lorsque le mien, si vrai, te supplie et t'implore ?

Je suis déjà ta mère, et nous t'attendons tous :

    Pourquoi ne viens-tu pas encore ?

Un vœu t'appelle ; — apprêts pieux et bienfaisans ! —

De l'innocence en fleur tu porteras trois ans

    La blanche et sereine livrée,

J'ai mis un lys d'argent à l'autel enrichi,

Mes larmes ont coulé ; j'ai prié, j'ai fléchi
    La Mère d'un Dieu délivrée ;

Descends, double la joie au foyer des époux !
Tendresse plus étroite en qui la mienne espère,
Je serai ; s'il te voit, s'il te trouve entre nous,
    Plus aimée encor de ton père !

Dans la somme des biens à notre exil laissés,
J'en trouve trop deux fois pour moi seule amassés :
    Que tout ce trésor t'appartienne !
C'est pour le partager que j'ai voulu t'avoir.
J'en aime mieux ma part, quand j'espère pouvoir
    La mettre en surcroît dans la tienne !

Comme sur un rosier, gaîté du doux enclos,
Mes yeux ravis, — plaisir que je ne puis décrire ! —
Cueilleront jour par jour, boutons à peine éclos,
    Toutes les fleurs de ton sourire !

La nuit, j'écouterai, dans le recueillement,

Dans l'ivresse, ces cris, ce langage charmant,
    Efforts où ton âme s'élance ;
Pleurs si tôt arrivés, pleurs si vite taris,
Mais plus doux mille fois, plus goûtés, plus chéris
    Que mon sommeil et mon silence !

A ton premier regard c'est moi que tu verras ;
A t'entendre parler je serai la première,
Et c'est mon nom d'abord, mon nom que tu diras :
    Il faut commencer par sa mère !

Quel bonheur de compter tes progrès, d'assister
A ce travail secret auquel vient ajouter
    Chaque heure de ton existence ;
De surprendre l'essor de tes instincts naissans,
Épanouissement de l'esprit et des sens
    Que surveillera ma prudence !

O ciel !... une pensée... horrible, me saisit...
Toute ma faible force à ce coup m'abandonne ;
Que le Maître absolu qui règle et qui choisit,

A la pauvre mère pardonne ;

Si je devais te perdre !... affreux pressentiment !
Non, non ; je ne veux pas y songer, seulement ;
    O seul espoir qui me soutienne !
Mais je ne serais plus, d'ailleurs, si tu mourais ;
On n'abandonne pas son fils, et tu n'aurais
    Pas d'autre tombe que la mienne !

Non! mais on craint quand même, on tremble. . tout bonheur
Porte en soi, ver natif, l'arrêt qui le menace ;
Et l'inflexible Temps, cet âpre moissonneur,
    Lève toujours sa faulx tenace...

Qu'il est d'espoirs déçus et de chères erreurs !...
Non, cet enfant doit vivre, écartons ces terreurs ;
    Mon doute vous faisait outrage,
Seigneur ! à vos décrets mon sort était remis :
Vous qui ne trompez pas, vous me l'avez promis ;
    Mon cœur, relève ton courage !

3

III.

Comme ils sont frais et purs, tes jolis rideaux blancs !
Ange de mon enfant, dévoré des saints zèles,
Sur ce nid virginal croisez vos bras tremblants,
    Et couvrez—le de vos deux ailes !

Puissante illusion, rêve qui m'attendris !
Il m'a semblé soudain l'avoir là, tu souris,
    Ton souffle a touché mon visage ;
Ton séraphin pensif vient de te découvrir,
J'entends battre ton cœur, je vois tes yeux s'ouvrir,
    Tu pleures... dors, mon fils, sois sage !

Dors, Temple où de l'Esprit veille l'auguste loi,
Dors; et sur ton sein pur, que nul tissu ne gêne,
J'irai poser tout bas mes lèvres avec foi,
    Comme le père d'Origène;

Dors de ce franc sommeil, si bon, si régulier,
Qui, d'un soupir égal soulevant ton collier,
    De ta sainte paix est l'emblême!
Puisses-tu le garder, ce calme souverain,
Et conservant toujours ton cœur simple et serein,
    Dormir toutes tes nuits de même!

Ce n'est pas pour toi seul que tu dois être heureux,
Dans ton bonheur futur c'est le mien que j'envie,
Sur le repos constant fait à tes jours nombreux
    Reposera toute ma vie!

Ah! notre heure se hâte et tourne sans retard!
Que je voudrais pouvoir, comme aujourd'hui, plus tard,
    — O tristesses sitôt germées! —
Te retenir, enfant, au maternel enclos,

Tes petits bras croisés, les pieds joints, tes yeux clos,
 Et tes petites mains fermées !

Hélas ! l'oiseau s'envole, et le nid désolé
Reste vide, ou pleurant une fatale absence !
Pour toi, tu reviendras, sous mon toit consolé,
 Tout réchauffer de ta présence !

Mais, en les oubliant, ces lointains redoutés,
Je jouis, rassurée et calme à tes côtés,
 Du présent paisible et céleste ;
Car pour longtemps, vois-tu, je suis là, maintenant,
Attentive, absorbée, épiant, devinant
 Les désirs de ton moindre geste !

Un songe a sur ton front glissé plaintivement :
Ta poitrine gonflée en sursaut s'est émue,
Quel est ce gros chagrin, et quel événement
 Révolte ce bras qui remue ?
On pense à ce qu'on aime, à ce que l'on connaît :
Voilà que votre esprit, dont l'ombre à peine naît,

3 ·

Déjà se forge une chimère ?

Fi ! de téter son pouce ainsi tout endormi,

C'est fort mal. — Oh ! non, va ; charmant petit ami,

Qui rêvait du lait de sa mère !

———

IV.

Oui, je dois te nourrir, et doublement, encor.
Que mon sein tout entier dans tes veines se fonde!
Tu recevras de moi, la Foi, ce froment d'or,
    Le premier des pains de ce monde!

De quels soins vigilants, craintifs, religieux,
J'écarterai de toi l'effort contagieux,
    Innocence que tout proclame!
Mon bras avec respect guidera ton pied sûr,
Et comme j'ai formé ton corps blanc et si pur,
    Mon fils, je formerai ton âme!

Pour qu'ils restent heureux tu cacheras tes jours.

Il te faut peu d'amis, on les perd dans le nombre.

Ne serai—je pas là, prête à tout, et toujours

    Fidèle à toi comme ton ombre?

Nous aurons une ferme au flanc d'un bois épais,

Près de l'eau, dans un coin de silence et de paix,

    Loin, bien loin des villes maudites;

Car leur air est mortel aux âmes de nos fils,

Et sur leurs fronts impurs, armés de vains défis,

    Planent les vengeances prédites...

Dans un milieu plus sain ta vertu grandira,

De nous suffire en tout nous prendrons l'habitude.

Qui sait? la Providence, ami, se chargera

    D'égayer notre solitude!

J'ai de charmants projets. Pour toi d'abord; pour tous,

Car, — pour t'amuser mieux, si tu n'es pas jaloux,

    Il faudra bien un petit frère...

Une petite sœur... — mais tu seras l'aîné,

Tu me remplaceras. — Avenir fortuné !
        Ou peut-être... vœu téméraire...

La verrai-je flétrir, cette espérance en fleurs ?
J'ignore ! toute vie a sa part de détresses.
Mais tu détournerais mes intimes douleurs
        D'une seule de tes tendresses !

Quand mes ans seront pleins, ô douceurs du destin !
Tu me rendras le soir tous mes soins du matin.
        La mère avant le fils succombe ;
Puisque j'ouvris les tiens, tu fermeras mes yeux,
Et comme j'ai veillé sur ton berceau joyeux,
        Tu me veilleras dans ma tombe !

L'un pour l'autre, vers Dieu prompt à nous exaucer,
Nous prîrons ! moi surtout, qu'un long tourment pénètre ;
Car je t'aimerai plus , — chose triste à penser, —
        Que tu ne m'aimeras peut-être !

C'est que le cœur descend et ne remonte pas.

La poussière d'oubli couvre vite nos pas,
    Nous mourons, peine héréditaire ;
Mais notre amour entier vit dans un dernier vœu,
Et c'est pour nos enfants, qui nous pleurent si peu,
    Que nous abandonnons la terre.

Dévoûment, sacrifice, éternelle vertu,
Protection qui veille, et constante, et sans terme,
D'en bas, d'en haut, toujours ; c'est ta mère ! Sais-tu
    L'abîme que ce mot renferme ?

Mais pourquoi ces retours, ces craintes de la fin ?
Des doux commencements le jour arrive enfin,
    Saluons sa prochaine aurore,
La brise d'espérance a tressailli dans l'air,
Et des feux rougissants dont s'augmente l'éclair
    Déjà notre ciel se colore !

Tu seras le rayon, tu seras la fierté,
La prière, le chant, la force et l'harmonie ;
Par toi se remplira de douceur, de gaîté,

La maison riante et bénie !

Elle est si bonne à voir, à regarder longtemps,
L'enfance, aux grands yeux clairs comme un ciel de printemps
     Car ils approchent le doux Maître
Tous les petits enfants qui sont sages et bons !
C'est par leurs blonds cheveux que viennent les pardons
     Aux parents qui les ont fait naître !

Tu seras le conseil, tu seras... — non, jamais,
Jamais il ne viendra cet avenir si tendre ;
Tu mens, berceau désert, espoir qui me charmais !
     Attendre, hélas ! toujours attendre !

Songe, songe barbare, et bonheur interdit !
Poignante illusion, réveil souvent maudit,
     Horizon qu'un mirage dore !
Pauvre petit ami qui n'entend pas ma voix...
Dieu cruel ! — car ces chants s'adressent, tu le vois,
     A mon fils !... qui n'est pas encore...

Ainsi la jeune épouse, au travail assidue,
Brodant le lin blanchi des langes préparés,
Pleurait les longs retards de son heure attendue.
L'écho répondait seul à ses vœux égarés,
Et sa plainte passait, dans le vide perdue.

Mony, novembre 18..

www.ingramcontent.com/pod-product-compliance
Lightning Source LLC
Chambersburg PA
CBHW060853180626
46818CB00004B/1681